140자 소설

140자 소설

세상에서 가장 짧고 기발한
99가지 특별한 이야기

곽재식 지음

목차

1부

일상

008

"어제 회사에서 피자를 시켰는데 도우 가장자리에 치즈 든 걸 시킬까, 고구마 든 걸 시킬까, 투표를 했거든. 그래서 고구마 든 걸 시켰어. 근데 고구마 든 거 투표한 애들은 먹다가 도우 끝은 안 먹고 대부분 남기는 애들이더라고."
"그 말을 왜 하는데."

"우리나라 국회를 보니까 생각나서."

009

할아버지의 유언

"아홉 살 때 파란 모자 쓴 낯선 사람을 뒷길에서 봤는데, 그 사람이 왠지 자길 봤다는 말을 하면 죽이겠다고 하고 갔어. 난 지금껏 아무 말도 안 했어. 그런데 도대체 무슨 사연이었는지 정말 궁금해."

임종 순간, 증손자가 칭얼거리며 들어왔는데
어디서 났는지 파란 모자를 쓰고 있었다.

010

위대한 시인의 난해한 시.
시인은 너무 복잡하게 해석하지 말고
순수하게 있는 그대로 보면 된다고 했지.
그런데 학자들이 그러기 쉽나. 쌓인 생각이 있는데.
그래서 이번에 도입한 기법이 이거야.
번역기 프로그램으로 시를 영어 번역한 뒤
다시 한국어 번역하니 해설된 것처럼 나오더라고.

012

그 방엔 예전부터 초상화가 걸려 있다고 했어.

소문엔 귀신 얼굴이래.
지난가을에 그 방 배정받은 애가 밤에 갑자기 미쳐 날뛰며 칼부림을 하고 불을 지른 일이 있었어.
"초상화 얼굴이 하라고 시켰어."
그애가 말했지.
그런데 작년부터 거기 초상화를 떼고 거울을 걸어놨거든.

014

어릴 때 **비행기**에서 언뜻 구름 위의 의자와

거기 앉아 있는 사람을 봤어.

난 **천사의 집**을 봤다고 생각했지.

스카이다이빙을 배워 11년 동안 찾아다녔어.

근데 어제 폐업하는 가게에서,

그게 **애드벌룬**에 달아 띄웠다 날아갔던

가구점 광고 현수막이란 걸 알았어.

엄청 **싸구려 그림**이더라고.

015

어머니께서 태몽으로 내가 나중에 나라를 구할 거라는 꿈을 꿨대. 난 장군이 되려고 사관학교에 가려 입시 준비도 하고, 고시 공부도 했지만 모두 실패만 했어. 절망해 마포대교를 방황했지. 근데 거기서 떨어지려던 학생을 봤어. 놀라서 붙잡았지. 걔 이름이 김나라였어.

016

앓았을 때 나는 언뜻 까만 귀신 형체를 봤다. 귀신을 접한 것이 신비해 몰두하며 밤낮 부르짖었다. 마침내 선명히 귀신 얼굴이 보이고 모든 문제를 물어볼 수 있게 됐다. 난 죽음과 귀신 세계에 대해 물었다. 귀신은 대답했다.

"귀신이란 건 없어. 내가 보이는 건 네가 드디어 미쳐 발광했기 때문이야."

018

특수부대 출신 시어머니가 전화했다.
"새아가, 내가 준 보따리는 실은 시한폭탄이야. 이제 손에서 놓으면 터진다. 집안 제사 날짜를 입력해야만 해제된단다."
심리전 요원이었던 며느리가 답했다.
"어쩌죠, 어머니? 전 먹을 건 줄 알고 그이 출근할 때 서류가방이랑 같이 들려 보냈는데."

019

아장아장 걷는 꼬마가 단풍잎들을 소중히 주워 곱게 모았다.
그러다 넘어졌다. 단풍잎은 부서졌다.
아이는 그걸 보더니 이내 울음을 터뜨렸다.
너무 귀여워서 보고 웃었다.
신이 왜 내게 불치병을 준 거냐고 울 때
병실 옆자리에서 같이 죽어 가던 아줌마가 해 준 이야기였다.

020

난 그 교수 재수 없었어. 어땠냐면, 강의 시간에 불행한 삶을 사는 사람이 “난 내가 태어나고 싶어서 태어난 게 아니에요.”라고 절규하는 영화를 보여줘. 그리고 그다음 시간에 다 같이 특수현미경으로 난자에 서로 달려들려고 온 힘을 다해서 안달하는 정자들을 관찰하게 하는 인간이었지.

021

아무리 위험한 임무에서도 살아 돌아오는 여자가 있었다. 기적 같았다.

그녀가 떠난 후 그녀의 동료가 말했다.

"갠 윤초 때문에 8시 59분 59초와 9시 정각 사이에 태어났대. 그래서 사주가 진시생도 아니고 사시생도 아니래. 운명의 굴레에서 벗어난 팔자였다고 하더라고."

022

꿈속에서 그게 꿈속이란 걸 알게 되면 무엇이든 생각만 하면 꿈속에서 바로 이뤄진다는 얘기를 들었지. 그날 난 꿈꾸다 문득 이게 꿈이란 걸 알게 됐고 기뻤지. 나는 영원히 깨지 않고 싶다고 생각했어. 그리고 지금 난 꿈을 깰 방법을 찾아 온 우주를 헤매지. 아직까지도.

024

최고의 긴 머리 귀신 코스튬 대회가 납량 특집으로 열렸다. 시끌벅적 재밌는 행사였다. 수십 명의 귀신이 떼 지어 서 있는 광경은 볼거리라 방송국에서도 촬영해 갔다.

영상을 보고 가장 무섭게 생긴 대상을 뽑았다. 그런데 상 주려고 보니, 아무리 봐도 그 사람은 참가한 기록이 없네.

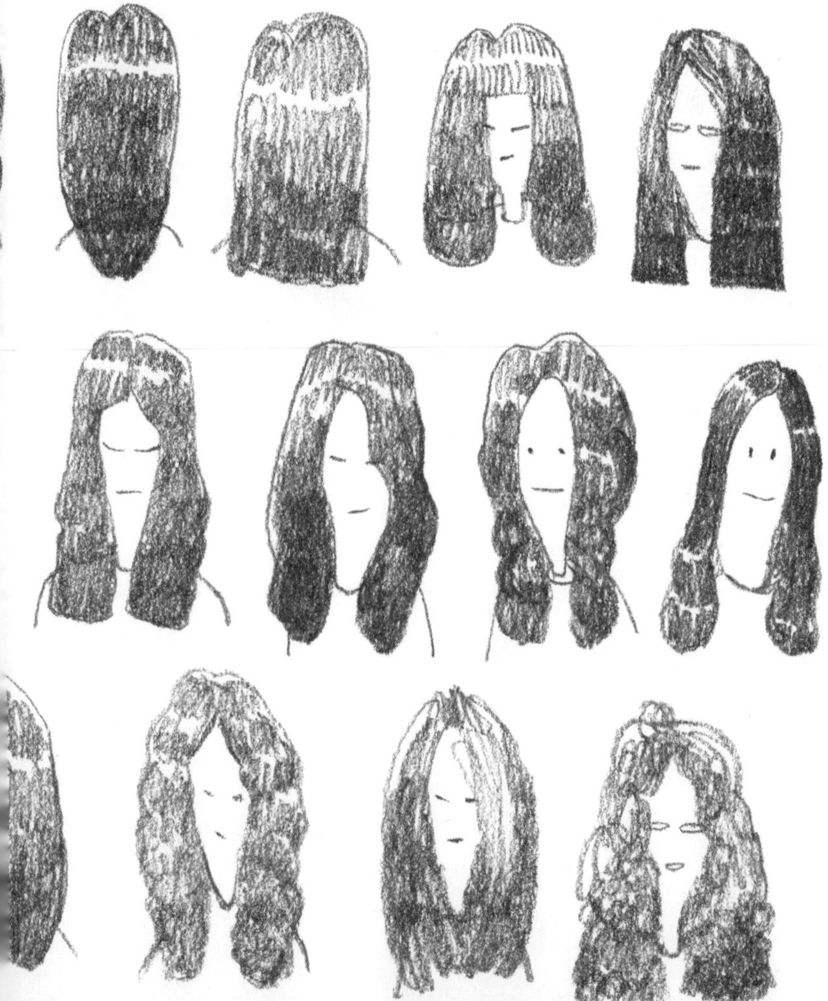

026

"선생님, 30년 전부터 '행복해서 웃는 게 아니라, 웃어서 행복해진다'는 말을 실행으로 옮기는 긍정적 삶을 실천해오고 계셨죠. 그게 성공의 비밀인가요?"

"글쎄요. 30년간 그러다 보니, 요즘엔 내가 웃고 있어도 이게 정말 행복해서 웃는 건지 억지로 웃는 건지 모르게 됐습니다."

027

"인생을 한번 돌아봐. 지우개 사서 끝까지 써 본 적 있어? 꼭 중간에 잃어버리고 말지? 그게 네 인생을 가로막고 있는 알 수 없는 세상의 힘이야."

그 말을 듣고 나는 새 지우개를 사서, 즉시 공책 한 권을 모두 지우며 다 써 없애 보았다.
그 후 묘하게도 나는 만사가 형통.

028

하늘에서는 축복처럼 매일 음식이 비가 내리듯 내린다.
땅에서는 거품이 솟아나는데 그 안에는 가장 신선한 산소가 가득 들어 있다.
가끔 세상이 뒤집어지지만 나는 안전하고,
그 후에는 모든 것이 깨끗이 새로워진다.
오늘에야 깨닫는다.
나는 어항 속의 물고기.

030

묶인 채 살인마의 칼에 찔리기 직전, 살인마 전화로 전화기를 바꾸란 스팸 전화가 왔다. 살인마는 왠지 텔레마케터와 차근히 대화한다. 난 초조해한다. 통화가 끝날 때까지 필사적으로 궁리해 보지만 살길은 못 찾겠다. 죽기 전, 왜 스팸 전화를 받았는지 물었다. 살인마는 대답했다.

"네가 쓸모없는 놈이란 걸 알려 주려고."

032

"선배, 12기 김 선배가 자기는 '성격이 불같아서 화를 잘 내는 편인데, 그래도 뒤끝은 없다'고 하던데요?"

"야, 12기 놈들 중에 자기가 뒤끝 없다고 하는 자식들 이상하게 많은데, 그런 소리 하는 놈들은 그냥 인생의 기본 상태 자체가 항상 언제나 뒤끝 상태인 놈들이야."

주민증 위조업자들 사이엔 수명이 1천 년이 넘는 엘프, 요정, 도깨비 따위가 10년쯤마다 한 번씩 찾아와 최근에 태어난 사람인 척하기 위한 위조 신분증을 구한다는 전설이 있다.

나는 의심스러운 사람을 발견해 물었다.

"뭐가 고민이에요?"

"남에게 기억을 남기지 않고 사는 것."

034

큰 생선 내장을 손질하다 뭔가 발견했다.
생선이 삼킨 작은 유리병. 병 속엔 쪽지가 있다.

“비행기 사고 생존자인데 무인도에서 아직 버티는 중. 구조 바람.”

대규모 수색대가 출동하고 끝없는 추적이 이어졌다.
마침내 발견한 건, 해변가의 한 정신병원에서
끝없이 쪽지를 써서 바다로 던지는 한 환자.

036

곽재식이란 사람이 소설가가 주인공인 짧은 소설을 쓰고 있다.
그 소설 속 주인공 작가는
한 사람의 일대기 형식인 이야기를 쓰다 막혀서 고민 중이다.
그 이야기의 내용은 다름 아닌
곽재식의 실제 인생에서 지금껏 있었던 일.
시간 순으로 써내려갔는데 바로 지금 이 순간 막혔다.

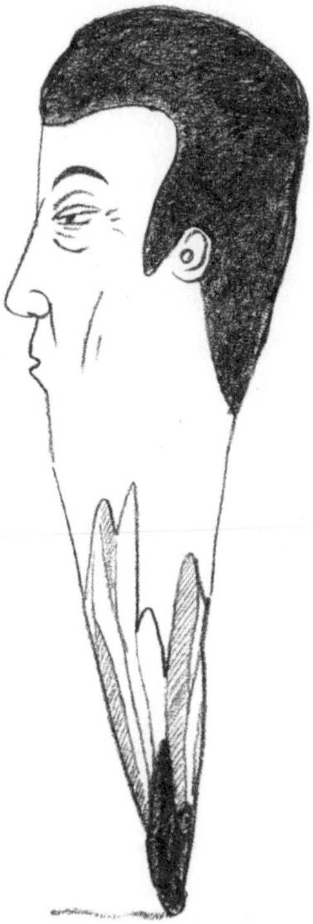

038

1 “그 사람은 정말 다 좋은데 딱 그거 하나. 그거 하나만 문제야.”

2 “그렇게 말하는 경우는 보통 다른 문제도 많은데 그 문제가 워낙 커서 다른 문제들은 가려진 경우가 많더라고.”

3 “넌 참 싸가지 없게 말하는 거 하나만 고치면 정말 완벽한 앤데 말이지.”

039

어느 여름날 해지는 걸 보고 있는데, 악마가 와서 "앞으로 그 두 눈으로 해지는 걸 한 번만 더 보면 너는 죽는다."고 예언했다. 나는 실수로 죽기 싫어 두 눈을 스스로 찔렀다. 2만 년 후, 멸망한 지구에 홀로 남은 눈먼 나는 영원히 외로이 있어야 함을 깨닫는다.

040

내겐 하늘을 나는 초능력이 있다. 별로 쓸데가 없었다. 들키지 않고 날기가 어려워서. 나는 높이뛰기 선수가 된다. 너무 높이 날지 않게 조절하는 게 어려웠다. 금메달을 따서 유명한 백만장자가 된 날, 너무 안 날려고 하다가 능력을 잃었다는 걸 알았다. 이게 다 무슨 소용이야, 날고 싶어.

041

"아무도 믿어서는 안 돼. 심지어 나조차도!"
무슨 지겨운 삼류영화 같은 대사를 하나 싶었다. 그 양반은 내가 좀 겁을 먹은 얼굴이 되길 기다리는 듯, 말없이 폼을 잡고 있었다. 한참 만에 내가 말했다.
"그럼, 아무도 믿으면 안 된단 그 말은 왜 믿어야 되는 건데요?"

042

실업자인 우영은 우연히 오류로
교통카드에 99억 원이 들어온 것을 발견한다.
우영은 오류 수정 전에 어떻게든 돈을 빨리 현금화하려 애쓴다.
그 카드로 결제되는 자판기 과자, 음료수, 편의점 물건을 싹쓸이한다.
그리고 혼자서 물건들을 자취방으로 옮겨 쌓느라 애처롭게 낑낑댄다.

BEER

044

일어나니 기억을 잃어 내가 누군지도 알 수 없었다.

내 옆에 누워 있던 미녀는 자기가 아내라면서

나는 **정신병을 앓고 있는 백만장자**라고 했다.

오후에는 전화가 와서 나는 사실 정신 조작을 당하고 있는

걸인 연합 테러리스트라고 했다.

고민해 보지만 난 첫 번째를 믿기로 한다.

045

자판기에 천 원을 넣었는데 천칠백 원이라고 나왔다.
좋아했는데 자세히 보니 디지털 숫자 표시하는
불빛의 획이 두 개 고장 나서 0이 7처럼 보인 거였다.
아쉬워했는데, 거스름돈을 보니 인식된 액수가 공교롭게 진짜
천칠백 원이 맞아서 다시 더 기뻐했다.
그게 금년 가장 기쁜 순간이었다.

046

어릴 때 고층 빌딩에서 본 저녁놀 비친 먼 땅이

마법의 세상처럼 보인다고 생각한 순간,

그 머나먼 곳에서 작은 천사 같은 형체가

나를 보며 손을 흔들어 주는 모습을 본 적 있다.

오늘 저녁 지반공사 작업 중 문득 저 멀리 빌딩에서

이쪽이 보일 것 같았다.

나는 괜히 손을 흔들어 주었다.

myPhone 7

048

"감옥에서 동료들 몰살시켜 버린, 그 여자. 사이코패스고 왕따를 당했다지만 다음 달 출소하면 두 번 다시 볼 일 없을 텐데 왜 못 참고 사고를 친 걸까."

"그 여자 사고방식은 이런 거지. 이제 나가면 영영 한번에 쉽게 죽일 기회는 없을 거니까, 출소일 다가올수록 외려 조바심 난 거야."

049

"뭔가 정말 갈등되는 게 있잖아? 그럴 땐 1년 뒤에 네가 죽을 거라고 가정하고 정말 네가 하고 싶은 게 뭔지 생각해 봐. 그걸 따라가면 답이 나와. 그런데 너 뭐 때문에 고민한다고?"

"요즘 이자율에 1년 만기 적금을 들어야 하나 말아야 하나 고민 중이었는데."

2부

사랑

052

유성이 떨어지기 전에 소원을 빌면 이뤄진단 말을 듣고,

외국인들은 외국어로 빌 거라는 생각을 했지.

그래서 난 내가 언어를 하나 만들기로 했어.

이 언어에서는 "숑"이란 말뜻이

"무병장수하고 백만장자가 되고 싶어요."지.

"숑"의 뜻은 "내가 네 맘에 들면 좋겠어."란 거야.

숑숑숑.

053

넌 누구 좋아하냐고 그녀가 웃으며 물었다.
난 놀랐고 떨렸지만 망설임 끝에 난 너를 좋아한다고 말…하려다가,
"넌?" 하고 되물었다.
그녀는 자기가 누구를 좋아하는지 왜 궁금하냐고 다시 물었다.
난 널 좋아하니까, 하고 대답하려다가,
그러는 넌 왜 물어봤는데, 하고 또 물었다.

055

그녀는 사교적인 성격은 아니었다.

나도 어떻게 말을 걸어야 할지 몰랐다.

매일 고민만 했다.

그러다 야근하고 가는 날 기다렸다 같이 나가며 말했다.

“더운데 아이스크림 먹고 갈래요?”

먹으면서도 그녀는 아무 말 없었다.

그러다 헤어질 때 이렇게만 말했다.

“내일은, 제가 살게요.”

056

나는 그녀에게 날씨가 이렇게 좋고, 날씨가 아깝다는 생각이 들 때면, 항상 떠오르는 사람이 있다고 말하려고 했다. 그런데, 신기하게도 그녀가 먼저 나에게 정확하게 똑같은 말을 했다. 그리고 그녀는 웃었다. 그녀에게 떠오르는 사람이 나는 아니었다.

나는 아니었다

더 좋았을까 생각해. 나 같은 애가 너 좋아하는 거, 네게는 100번도 더 있는 일이겠지만, 그래도
되는 게 너한텐 더 마땅해서 또 사랑한다고 말하고 싶다고. **이제 와 부질없지만,** 널 사랑한다
말하지 못해 아쉬워. 더 멋진 말로 네가 더 기분 좋도록 말했다면 얼마나 더 좋았을까 생각해.
너 좋아하는 거, 네게는 100번도 더 있는 일이겠지만, 그래도 그게 101번이 되는 게 너한텐 더
사랑한다고 말하고 싶다고. 이제 와 부질없지만, 널 사랑한다고 후련하게 말하지 못해 아쉬워.
네가 더 기분 좋도록 말했다면 얼마나 더 좋았을까 생각해. 나 같은 애가 너 좋아하는 거, 네게
있는 일이겠지만, 그래도 그게 101번이 되는 게 너한텐 더 마땅해서 또 사랑한다고 말하고 싶
부질없지만, **널 사랑한다고 후련하게 말하지 못해 아쉬워.** 더 멋진 말로 네가 더 기분 좋도록
나 더 좋았을까 생각해. 나 같은 애가 너 좋아하는 거, 네게는 100번도 더 있는 일이겠지만, 그
번이 되는 게 너한텐 더 마땅해서 또 사랑한다고 말하고 싶다고. 이제 와 부질없지만, 널 사랑
게 말하지 못해 아쉬워. **더 멋진 말로 네가 더 기분 좋도록** 말했다면 얼마나 더 좋았을까 생각
가 너 좋아하는 거, 네게는 100번도 더 있는 일이겠지만, 그래도 그게 101번이 되는 게 너한텐
사랑한다고 말하고 싶다고. 이제 와 부질없지만, 널 사랑한다고 후련하게 말하지 못해 아쉬
네가 더 기분 좋도록 **말했다면 얼마나 더 좋았을까 생각해.** 나 같은 애가 너 좋아하는 거, 네
더 있는 일이겠지만, 그래도 그게 101번이 되는 게 너한텐 더 마땅해서 또 사랑한다고 말하고
와 부질없지만, 널 사랑한다고 후련하게 말하지 못해 아쉬워. 더 멋진 말로 네가 더 기분 좋도
마나 더 좋았을까 생각해. **나 같은 애가 너 좋아하는 거,** 네게는 100번도 더 있는 일이겠지만,
01번이 되는 게 너한텐 더 마땅해서 또 사랑한다고 말하고 싶다고. 이제 와 부질없지만, 널 사
하게 말하지 못해 아쉬워. 더 멋진 말로 네가 더 기분 좋도록 말했다면 얼마나 더 좋았을까 생
애가 너 좋아하는 거, **네게는 100번도 더 있는 일이겠지만,** 그래도 그게 101번이 되는 게 너한
또 사랑한다고 말하고 싶다고. 이제 와 부질없지만, 널 사랑한다고 후련하게 말하지 못해 아
말로 네가 더 기분 좋도록 말했다면 얼마나 더 좋았을까 생각해. 나 같은 애가 너 좋아하는 거,
더 있는 일이겠지만, **그래도 그게 101번이 되는 게 너한텐 더 마땅해서** 또 사랑한다고 말하
와 부질없지만, 널 사랑한다고 후련하게 말하지 못해 아쉬워. 더 멋진 말로 네가 더 기분 좋도
마나 더 좋았을까 생각해. 나 같은 애가 너 좋아하는 거, 네게는 100번도 더 있는 일이겠지만,
01번이 되는 게 너한텐 더 마땅해서 **또 사랑한다고 말하고 싶다고.** 이제 와 부질없지만, 널 사
하게 말하지 못해 아쉬워. 더 멋진 말로 네가 더 기분 좋도록 말했다면 얼마나 더 좋았을까 생
애가 너 좋아하는 거, 네게는 100번도 더 있는 일이겠지만, 그래도 그게 101번이 되는 게 너한
또 사랑한다고 말하고 싶다고. 이제 와 부질없지만, 널 사랑한다고 후련하게 말하지 못해 아
로 네가 더 기분 좋도록 말했다면 얼마나 더 좋았을까 생각해. 나 같은 애가 너 좋아하는 거,
더 있는 일이겠지만, 그래도 그게 101번이 되는 게 너한텐 더 마땅해서 또 사랑한다고 말하

058

악마에게 여자는 부탁했다.

“제발 그가 저를 사랑하게, 평생 사랑하게 해 주세요.”

악마는 소원을 들어주겠다며 손가락을 튕겼다. 그러자 갑자기 트럭이 달려와 그를 깔아뭉갰다. 악마는 낄낄거리며 웃었다.

“죽기 전까지 한 2초 동안은 널 정말 사랑했을 거야.”

060

교사가 갑자기 수업 중에 까발렸다.

"재가 너 좋아한대. 넌 재 좋아하냐?"

나는 뭐라고 말해야 할지 난감했다.
예? 아니오? 망설임?
결국 "학생 사생활을 장난으로 삼는 건 부당합니다."라고
정색하고 따졌다. 멋있단 애들이 많았다.
그렇지만 그녀는 비겁하다고, 날 죽도록 미워했다.

061

그녀를 6년 만에 다시 만났다.
약속 잡히고 일주일간 고민했지만 결론내리지 못하다가
또 헤어지려는 마지막에, 아직도 좋아하고 있다고 말하려 했다.
그러나 그녀를 부른 순간 그녀는 교통카드를 찍고
지하철 게이트로 들어간 참.
운명인가 포기하려는데, 덜컥 소리가 들렸다.

“카드를 다시 대어 주십시오.”

062

너 나 좋아하지?

예? 아… 아닌데요.

아니면 왜 오늘이 16번째 수업인데 매번 항상 내가 너 앞에만 오면 똑바로 못 보고 고개를 숙여?

그… 그건….

말해 봐. 너 정도면 자신감을 가져도 돼.

그게….

말해 봐.

선배 오른쪽 코에 코털 삐져나온 게 바퀴벌레 다리 같아 보여서요.

064

그녀는 울면서 바람을 피웠다고 말했다.
그러나 난 그녀를 무척 사랑했다.
그녀가 정말로 반성하고
앞으로 영영 충실할 것이라면 용서하고 싶었다.
그러나 그녀가 그 사실을 밝힌 것은 나와 헤어지고 싶어서였다.
30분쯤 지나자 나는 용서하게 해 달라고 빌고 있었다.

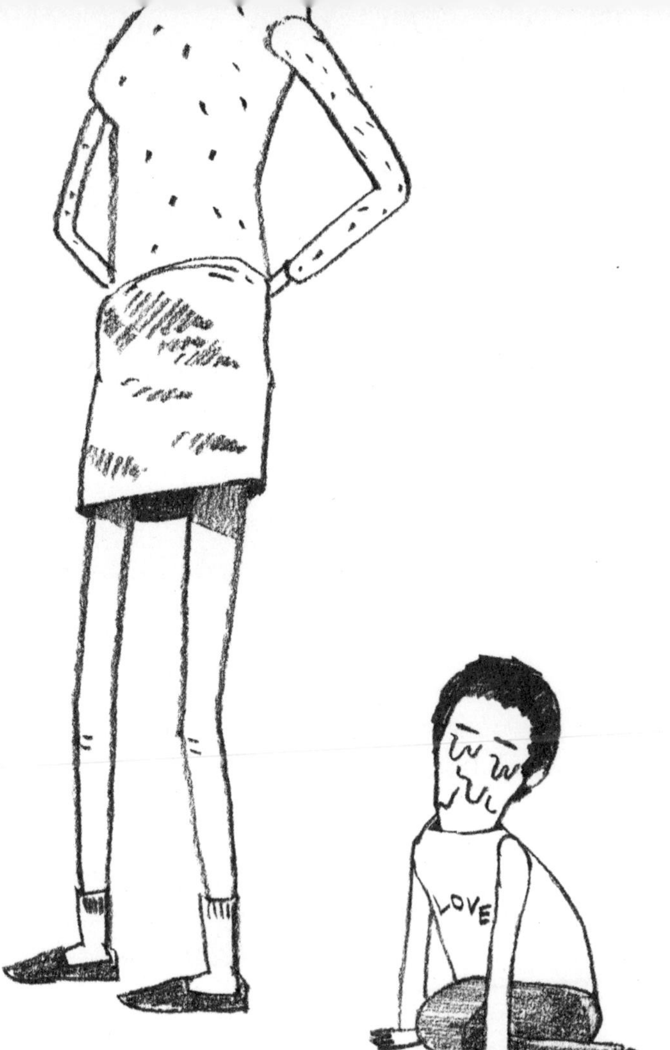
LOVE

066

"너 나 좋아하니?"

"너야말로 나 좋아하니까 그런 말로 떠보는 거 아니니?"

"너 웃긴다. 내가 너 좋아할 거라고 어떻게 그렇게 넘겨짚어?"

"그러는 너는 왜 먼저 그렇게 물어본 건데?"

걔네들이 그렇게 주고받는 문자들을 보고는
얘들은 서로 좋아하고 있다고 난 확신했다.

067

1주년 기념일, 10년 전 중학교 때 그녀에게 보내려고 썼다가 결국 용기가 안 나 포기했던 연애편지를 보여 줬다.

"첫사랑인 너랑 이렇게 잘 되다니 행운이야."

그녀는 신기해했지만 편지는 돌려줬다.

"잘 갖고 있다가 혹시 내가 너랑 헤어지자고 하면 그때 우표 붙여 보내 줘. 맘 돌리라고."

068

내가 그녀를 좋아하는 걸까 하는 생각 자체를

그러다 어느새 정말 몸살 나게 좋아하게 되기 때문에,

스스로 부끄러워지고

그 생각을 하기 시작하면 자꾸 그 생각만 하다가

내가 그녀를 좋아하는 걸까.

그러다 밤을 새웠어.

그럼 마주칠 땐 어떻게 해야 하지? 시선은?

시작하지 말고 무심해야 돼. 알겠지?

070

학교에서 오니 삼촌이 와 계셨다.
저녁에 반주 몇 잔 드시더니
"좋아하는 여자 있으면 어릴 때 맘껏 고백해야 돼.
나이가 들면 말을 하려야 할 수가 없는 경우가 많아."라고 하셨다.
확 떠오르는 얼굴이 있었다.
삼촌은 말없어진 내 얼굴을 가만 보더니 대뜸 말했다.
"실패도 좋은 경험이거든."

071

나는 그녀에게 고백했던 그날을 영영 잊지 못한다.
내가 그녀에게 사랑한다고 말하자,
그녀는 대뜸 내가 말하기 전인 10분 전으로
시간이 돌아간 척 해 달라고 했다.
낙심하려는데 그녀는 “이제 걱정 안 하고 말할 수 있겠다.”고 했다.
그리고 그녀는 내게 사랑한다 고백했다.

072

친구들 앞에서 그녀는 꽃이 받고 싶다고 했다. 꽃을 샀지만 만원 전철에서 꽃은 떡이 되었다. 미안하다며 망가진 걸 내밀었다. 그러자 그녀는 갑자기 내게 터질듯이 꽉 안겼다. 친구들 왔을 때 우리 둘 사이에 끼인 꽃이 떨어졌고, 그녀는 너무 반가워서 꽃 든 줄도 모르고 안겼다고 한다.

그냥 헤어지자고 바로 말했어도 되었을 텐데.

그렇게 힘들어하고 미안해하며

한 시간 반씩이나 눈치를 보며 시간 끈 이유는 뭐였을까.

내가 그렇게 저 없이는 못 살 것처럼 괴로워할까 봐 두려워했나?

사람 우습게 보지 마. 까딱없어.

이 친구는 8년째 술만 먹으면 이 얘기.

075

그녀가 나를 사랑하는 것보다
내가 더 많이 사랑한다는 생각에 손해 보는 느낌이었다.
나는 한 번이라도 이겨 보려고, 일부러 시큰둥한 척한다.
그녀는 점점 더 실망하더니 나를 아예 떠나 버린다.
괜히 좋은 걸 봐도 표정이, 기분이, 이상하게
시큰둥한 버릇만 평생 남았다.

076

제일 좋아 보이는 옷을 입고 나갔는데, 그녀는 헤어지자고 했다.
이별 직후 생각만 많을 뿐, 이제 뭘 해야 될지도 알 수 없었다.
발길 따라 끝없이 몇 시간이고 걷기만 했다.
밤늦게 들어가니 룸메이트가 또 여자랑 늦게 있었냐고 놀렸다.
놈의 부러워하는 눈빛이 너무 고마워 붙잡고 한참 울었다.

078

연애편지를
써서
이름 모르는
여학생
사물함에
끼워뒀다.

그런데
착각해
옆 여학생
것에 끼웠다.
편지는
걸작이었다.

그러나
실수라고
차마
실토할 수
없어 그냥
사귀었다.
그러다
결혼했다.

30년 만에
그때 실수는
신의
뜻이었다고
말했다.
그러자
아내가
말했다.

"사실 그거
내가
일부러
바꿔 놓은
거야."

079

그녀는 레이먼드 카버를 좋아한다고 했다. 두 달 만에 헤어졌지만 그건 기억에 남아 있었다. 5년 후에 상품권이 남았을 때 떠올라서 카버 책을 샀다. 사두고 읽진 않았다. 어쩌다 20년 만에 책을 읽게 됐는데 내용은 하나도 들어오지 않고 그때 생각만 생생하게 돌아왔다.

전화 배터리가 다 닳았는데 너무 보고 싶었다.
그녀 집 앞에 찾아가 한 시간쯤 기다리가다 집에 돌아왔다.
귀가해서 전화해 보니,
그녀는 내게 전화가 안 되어서 집 앞에 찾아와
한 시간 기다리다가 돌아갔다고 했다.
나는 찾아갔던 일은 말하지 않고, 미안하다고만 했다.

082

경인은 2학년 때 처음 본 민희를 정말 사랑했다.
하루 중에 5초도 민희와 관련이 없는 생각을 하지 않는 때가 없었다.
81세로 사망하게 될 경인의 일생에
그때 그 감정은 가장 강렬한 것이었다.
그렇지만 그때까지 민희와 마주친

73명의 다른 남학생들도 마찬가지였다.

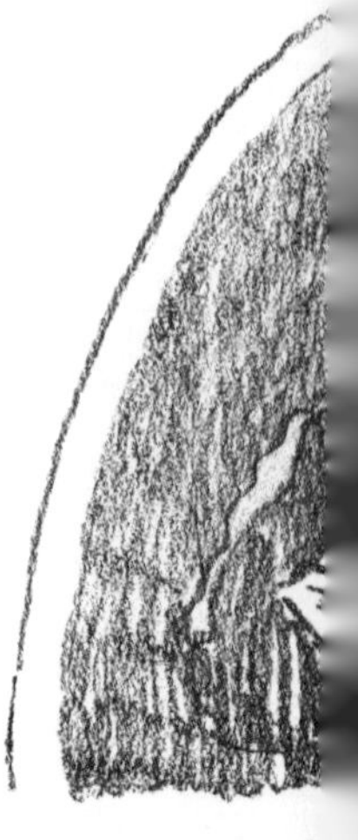

084

/

그게 첫사랑인지 왜 아냐면…

\

내가 인기 많다고 대기 시간 기다려야 하는 음식점 되게 싫어했거든.

/

근데 걔랑 같이 갈 땐 그냥 같이 이야기하면 되니까

\

기다리는 게 하나도 싫지 않고 좋더라고.

/

배고픈 줄도 몰랐어.

\

나중엔 차례 돼서 이름 불릴 때 괴상하게 아쉽기까지 했어.

/

내가 처음으로 사랑한다고 말한 사람이 누구인지 생각해 보았다. 한 사람 떠오르긴 했는데 확신할 수는 없었다. 어딘가에 적어두기라도 할걸 그랬다는 생각이 들었다. 그 후로 사랑한다는 말을 할 때마다 그 생각이 났다. 이제는 왜 그걸 궁금해했는지도 기억 안 난다.

086

아침이었지.
휴일이라서 침대에 오래 있어도 됐어.
옆엔 드디어 어제 맺어진 꿈속의 그녀가 누워 있었지.
몸은 개운하고, 공기는 시원했어.
문득 이보다 더 행복한 순간이 평생 있겠냐는 생각이 들어서
그녀에게 그 얘길 했지. 그녀는 웃었어.

"2년 전에 나도 그 생각했지."

087

지하철역에서 나오는데 비가 오고 있었다.
우산이 없는 수희는 당황했다.
한 남자가 우산이 두 개라며 빌려주었다.
그 인연으로 두 사람은 친구가 된다.
하지만 수희는 석 달 전 선본 남자와 결혼 예정.
남자는 이 기회만 기다리며 5년간
매일 우산 두 개를 갖고 다녔다고 말한다.

3부

상상

090

A. I. 컴퓨터에게 착한 말을 해 주고 싶었어. 무슨 얘기를 찾아 읽어 줬지. "행복=성취/욕망"이고, 분모를 줄이면 행복해지고 어쩌고 그런 거였어. 이듬해 컴퓨터는 모든 사람들을 붙잡아 욕망을 느끼는 신경을 다 제거하는 수술을 시켰지. 이제 모두가 무한대로 행복해해.

091

판타지 전쟁 사극을 어쩌면 그렇게 아귀가 잘 들어맞게 쓰는지 궁금했지. 작가 비법이 뭐였냐면 십삼국지라는 전략게임에 가상인물을 잔뜩 집어넣은 세팅으로 컴퓨터끼리만 싸우게 해놓고, 그걸 구경하면서 벌어지는 일을 줄거리 뼈대로 삼고, 거기다 캐릭터 살만 덧붙여 글을 쓰더라고.

092

이번 시제품이 인간 수준의 인공지능이라고

많이들 무서워하더라고.

그런데 나는 그게 켜졌을 때

인간을 지배할 수 있다는 걱정은 조금도 안 해.

난 걔가 도대체 세상의 허무함과

자기 존재의 우울함을 어떻게 견디고 버티면서

유지할 수 있을지 그게 걱정이라고.

094

악당에게 고문당하다가 이 계정만 쓸 수 있는 기회를 얻었지. 그렇지만 뭐라고 써도 사람들은 소설이라고 믿을 거야. 고민 끝에 그냥 140자를 채우지 않고 짧게 도와달라고 한다면 진지하게 읽는 사람도 있을 거라고 생각했어. 혹은 반대로 이 계정의 다른 글과 다르

2016년 경제 붕괴의 이유가 30년 만에 밝혀졌다.

테러인지, 장난인지, 실수인지 범인이 불법 복제 윈도우를 뿌렸는데,

모든 기능이 정상이지만 딱 하나,

엑셀을 실행시켰을 때 '견적가'란 말이 나오면

오타낸 듯이 슬쩍 다음에 나오는 숫자에서

0을 지우는 코드가 있었다는 것.

096

TV 기계에 광고 삭제 기능을 넣으면 안 된다는 것도 일리는 있지. 그런데 말이야. 병원 대기실 같은 데는 낮에 아무 케이블 방송 틀어놓잖아. 그런데 중환자실 앞 수술실 대기실에 있는 TV에서 상조 회사 광고가 나올 때, 사람들 표정이 일제히 싸늘해지는 걸 봤냐고.

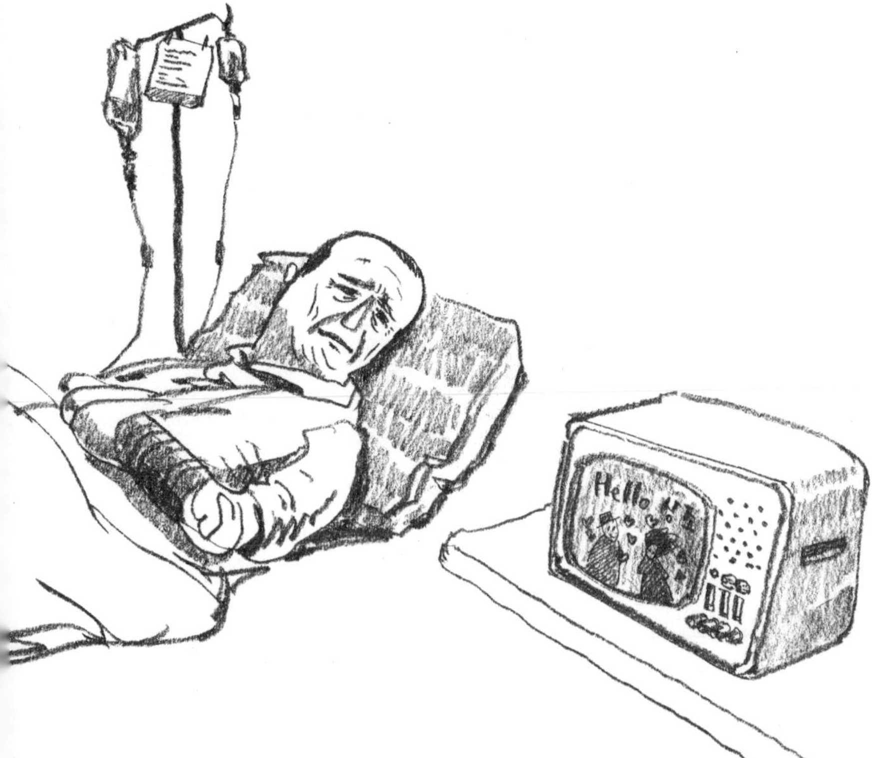
Hello

098

아버님은 가망 없습니다. 대신 전자 뇌, 기계 심장을 연결하면 식물인간 상태로 계속 생명을 유지할 수 있습니다. 그게 뭔 소용이냐고요? 아버님 연금이 있지 않습니까. 유지비 빼고 한 달에 고작 11만 원 남지만, 백 년 전부터 보존되고 계신 고조부께서 이 방식으로 모아 주신 게 2억입니다.

099

회장님은 가망 없습니다. 대신 전자 뇌, 기계 심장을 연결하면 식물인간 상태로 계속 생명을 유지할 수 있습니다. 그게 무슨 소용이라뇨? 이렇게 살려두시면 대리인이신 아드님께서 상속세 안 내고 회장님 재산을 계속 쓰실 수 있잖습니까. 창립주께서는 지금 220년째 식물인간 상태로 보존 중이신데.

100

부인께서는 가망 없습니다. 대신 전자 뇌, 기계 심장을 연결하면 식물인간 상태로 계속 생명을 유지할 수 있습니다. 예금이자로 유지비 낼 테니 무조건 그렇게 처리해 달라고 의식 있으실 때 계약하셨더라고요. 이유는 따로 말씀 안 하셨는데, 보통 절대 합의이혼은 안 해 주겠다는 분들이 그러십니다.

세계 멸망 후,
몇 백 년 만에
초보문화를
겨우 다시 일군 시대.

과거의 문명은
잊힌 전설일 뿐이었다.

학자들이 폐허에서
레고 가게를 발굴하자
과거의 집과 차를
알게 되고,

뛰어난 선조들은
우주선과 용을
타고 다녔고
노란 얼굴에
손가락이 두 개인
종족이었다는
믿음이 퍼진다.

102

아쉽게도 선생님은 정부에 협력하고 있는
비밀 외계인이 먹을 후식거리로 당첨되었습니다.
이런 법이 어디 있냐고요?
직접 동의하신 일 아니십니까?
언제 동의했냐고요?
지난달에 무료 와이파이 쓰실 때
약관에 들어가 있었잖습니까.
다 읽었고 동의한다고 체크하셨던데요.

103

먼 미래 세계에 깨어나 보니 이럴 수가. 세상이 모두 공산주의 사회가 됐다! 경악해 물었다.

"인간 본능에 이기심, 나태함이 있는 이상 공산주의는 실패할 수밖에 없었을 텐데요?"

"나태함을 뇌에서 차단하는 신경약물이 개발됐죠. 처음엔 수행평가 잘 받으려고 학생들이 주입받던 건데…."

104

《왜 사는가?》란 책 시리즈로 성공한 학자에게 연구의 동기를 물었다.

"29세 때 꿈에서 그랬어요. 사실 먼 옛날 세상을 창조한 게 나래요. 난 뭐든 할 수 있는 힘이 있었대요. 그러다가 하루는 이런 기억을 모두 삭제하고 그냥 보통 사람이 되기로 했대요. 왜 그랬는지도 그때 잊혔대요."

106

안락사 법 통과가 연거푸 실패한 뒤,
육군 특수부대가 하나 생겼다.
누구든 자원 입대할 수 있고
입대하면 바로 분쟁지역 5킬로미터 밖에 투입된다.
그리고 혼자 남겨두고 가는데
폐기 직전의 고물 권총 한 개와
구급약이라며 특별히 디자인된 모르핀 캡슐 여덟 개가 지급된다.

108

목재공장 직원이 불법체류 외국인 여자를 신고한다고 을러대다 가까워져 결혼했대. 주위 사람 하나가 애 셋 낳기 전까지는 고향 가는 표를 주지 말라고 했는데 둘 낳았을 때 표를 구해줬대. 그랬더니 애들 데리고 고향 가서 잠적해 버렸대. 술 먹다 하는 소리가 이게 〈선녀와 나무꾼〉 이야기래.

천문대에서 극히 아름다운 밤하늘을 보여 주며

이 넓은 우주에 사람 살기에 지구만 한 별은 드물단 강연을 했다.

강연을 들은 청소부는 그 후로 하늘을 보지 않으려 했다.

"쓰레기통 비우다 보면 찌꺼기 많은 그곳을 천국처럼 여기며
평생 그 안에서만 나고 자라 통통해진 벌레가 있었어요."

평생 대관람차를 설계한 사람이 은퇴하고 휑한 벌판으로 이사했다. 그는 거기서 흔들의자를 놓고 지평선 방향을 보고 앉아서 해돋이와 구름과 저녁놀과 뜨고 지는 별들을 하염없이 가만히 응시했다. 누가 찾아갔더니 옆자리를 내어주며 같이 앉아 지구가 도는 걸 보자고 했다.

111

악마가 정치인에게 권했다.

“강령에 ‘심플하게 착하게 살고 악을 멸하자’라고 쓴 정당을 하나 만드는 거야. 그리고 일부러 정부 앞에서 난동 부려서 정당 해산을 당하는 거지. 그러면 유사한 강령을 가진 다른 정당을 세우는 것도 금지되거든. 그럼 모든 정당들은 영영 악한 일만 해야 해.”

112

한국 20대 사망 원인 중 1위가 자살이라는 게
너무 큰 문제가 되어 대통령까지 난리였지.
위원회에서 1년 연구한 결과,
신호등 색깔을 이리저리 이상하게
확 바꾸면 좋을 거라고 지시가 내려왔어.
그대로 했더니 정말 두 달 만에 자살이 1위에서 밀려났어.
1위는 교통사고가 됐지.

113

왜 안전기사가 발전소 폭발 때 현장에 없었소?
사무실에서 밤새 도표 만들란 지시를 받았습니다.
무슨 도표?
장관님 오시면 드릴 자료인데 수식을 쓰면 이해 못 하실 거고
그럼 큰일 난다고 해서요.
장관께선 왜 오셨소?
장관께서 특별히 이번엔 직접 위험시설 안전감찰을 하신다
기에….

114

직원 자살률이 높아 고민인 공장.
고심 끝에 어둠의 자살문제 해결사를 고용했다.
그는 심금을 울리는 심리 상담을 절묘하게 진행했고,
1개월 이내에 자살할 위험이 큰 직원을 골라냈다.
그리고 즉시 해고하도록 지시했다.
직원일 때 자살해 자살률 통계치를 높이기 전에.

116

무능한 놈이야.
뭘 몰라.
사고 터질 줄도 모르고 막 밀어붙여.
대충 끝나면 된 줄 알아.
위에선 빨리 끝났으니까 잘했다고 승진시켜.
일 꼬인 건 안에서 곪지.
그러다 나중에 터져.
그놈은 승진해서 딴 데로 올라갔고, 저 때문인 줄 몰라.
이 바닥에서 무능한 놈들이 윗대가리에 깔린 건 이런 패턴 때문.

118

치매에 걸려 뇌를 컴퓨터로 대체해 가는 노인들은 결국 병세가 심해지면 뇌의 98퍼센트, 99퍼센트 정도를 모두 컴퓨터로 대체시키게 되는데, 이런 노인들은 이 꼴 저 꼴 보기 싫어서 자식, 친지, 가족을 멀리하고 차라리 처음부터 기계로 제조된 로봇들과 친근히 지내려 한다고.

치매에 걸려 뇌를 컴퓨터로 대체했을 때, 컴퓨터 대체율이 50퍼센트, 60퍼센트일 때만 해도 자주 찾아오던 자식들, 손자들이, 시간이 흘러 뇌가 더 망가지고 대체율이 90퍼센트를 넘을 때쯤이면 '저 기계로봇이나 다름없는 것이…' 하고 무시하는 눈길이 되는 게 은근 느껴진다고.

120

목성에선 치매에 걸리면 뇌의 망가진 부분을 컴퓨터로 교체해 정상 생활을 한다. 법에는 뇌세포 50퍼센트 이상이 컴퓨터면 로봇으로 분류되는데, 그래서 치매 노인들은 뇌세포 대체율이 49.9퍼센트에서 50.0퍼센트가 되는 순간을 "제삿날"이라 부르며, 그 순간 주저앉아 통곡하곤 한다고.

121

태양 폭발로 인한 지구 소멸이 80년 후로 예측되었다. 인류는 모두 더 이상 아기가 태어나지 않도록 한 뒤, 마지막 세대를 조용히 정리하며 보낸 후 소멸을 준비한다. 그 후 태어난 아기들이 소수 발견되자, 사회는 이들에게 숙명적 최후를 담담히 받아들이도록 태어난 직후부터 교육한다.

123

"화성 정부는 유전자, 부모, 신체조건을 분석해서 당신 삶에 완벽히 적합한 직업, 집, 배우자를 미리 알려 줍니다."

"말도 안 돼! 내 운명을 정부가 정해 주다니."

"아뇨. 그게 문제가 아닙니다. 강요는 없고 모든 건 선택의 자유입니다. 문제는 당신이 과연 그 추천을 거부할 배짱이 있냔 겁니다."

124

여름날 나무 그늘에 앉았다.
지나가던 아이가 "이 나무 왜 이렇게 큰 줄 알아요?"라더니, 몇백 년 전 전쟁으로 많은 사람이 한꺼번에 묻힌 곳에 뿌리내려 시체 양분이 풍부해 그렇단다.
"그럼 요즘엔 양분 다 떨어졌겠네?"
"요즘엔 이 나무에 목매서 자살하는 사람들이 엄청 많아요."

126

갓난아기만 100명을 모아두고
말을 한 마디도 하지 않고 양육하면서,
아기들끼리만 지내며
아기들 스스로 말을 만들어낼 수 있는지,
말을 만든다면 어떤 형태일지 관찰하는 실험을 했다.
말을 개발해 퍼뜨린 한 명이 나타날 때까진 다들 벙어리였다.
그는 장님이었다.

큰 도서관으로 자랑하고 싶었던 곳에서, 빈 종이 뭉치 수백 만 권에 표지만 갖다 붙인 후 책이라며 세계 최대 도서관이라 했다. 귀중한 책이라 보여 주진 않는단다. 누군가 폭로하자 도서관에선 사이에 끼워둔 진짜 책 한 권을 보여줬다. 아무도 보지 않는 백지 더미가 그곳엔 영원히 보관돼 있다.

128

“그룹 전략기획실에서 왜 신학대 출신을 특채한 거야?”

“왕회장님 한마디 툭 던지고 가시면, 무슨 뜻으로 한 얘기인지 어떤 뉘앙스였는지, 심경이 어때서 한 말인지 다들 몇 시간씩 의논하잖아. 분석해 보니까 그게 경전 말씀 연구하는 거랑 같은 작업이더라고.”

130

사악한 병원에서 건강한 자 100명에게 한 달 뒤에 죽는 병에 걸렸다고 했다. 그리고 그 100명이 어떻게 지내는지 관찰했다. 우울에 빠진 사람, 막 사는 사람이 있었지만 아무도 정말로 죽진 않았다. 단 한 명 진실을 추적해 한 달 만에 알아낸 사람. 이 사람은 병원에서 죽여 버렸다.

132

돌덩이와 같아 보이는 형태의 생물이 사는 행성이 있다.
이 생물은 태어난 후부터 계속해서
돌덩이인 제 몸을 스스로 부수기 위해 힘쓴다.
70~80년 정도 노력해서 결국 죽는 것이 목표인 생물.
이 생물은 지구의 인간들을 본 후,

인간들도 자기들과 마찬가지라고 생각했다.

133

요행히 찍은 수능문제가 두 문제 더 맞아
명문대에 턱걸이로 합격하는 등 자기도 모르는
작은 행운이 유난히 겹쳐 성공한 주인공이 있다.
그는 희망 없이 복권을 사는 빈자를 비판한다.
그러나 그 빈자는 사력을 다해 자기 꿈을 위해 노력했지만
작은 불운의 연속으로 나락에 떨어진 자였다.

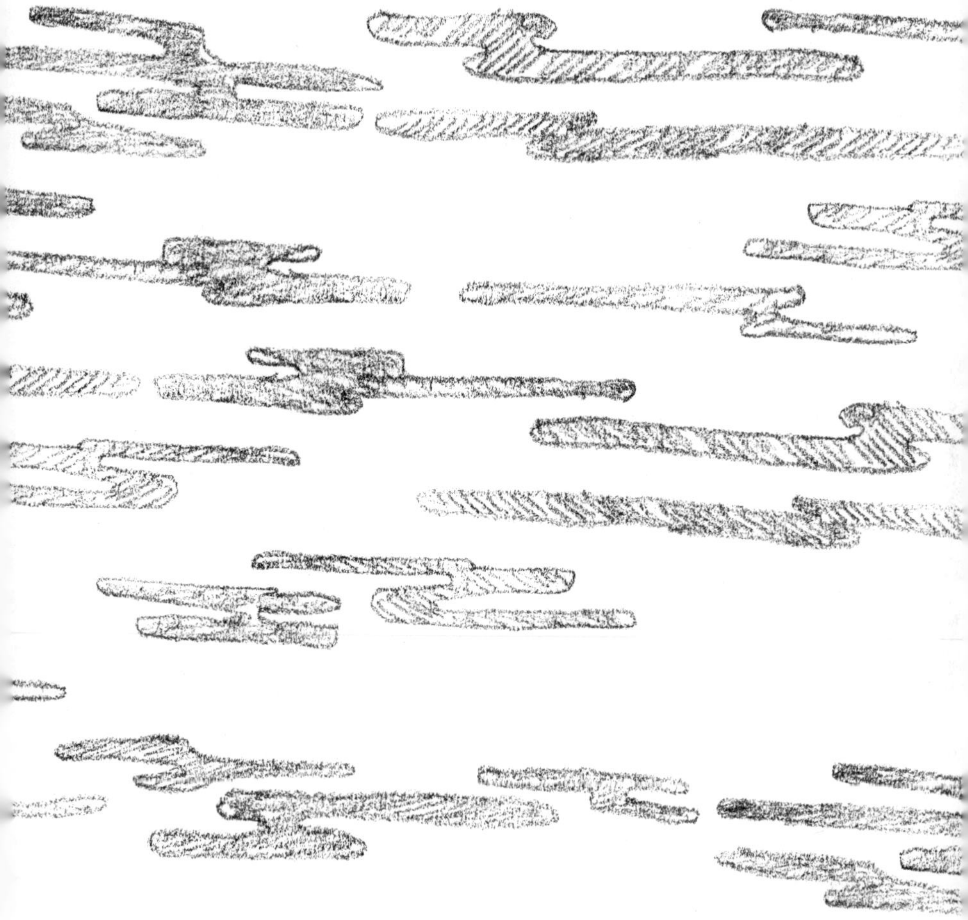

우리는 미래에서 왔거든. 넌 28세가 되면 전설적인 록커가 될 거야. 근데 3년 만에 죽어. 그래서 남긴 곡이 몇 곡 없지. 그래서 우린 너에게 조기교육을 시킬 거야. 네가 곡을 써서 숨겨두면, 우린 미래에 발굴한 척할 거야. 못 믿겠다고? 그럼 모차르트가 어떻게 열두 살에 오페라를 썼겠어?

136

29층 사무실에는 아무도 없는 밤이 되면 화분에서 외계 기생충이 나온다. 낮에는 텔레파시로 직원들 생각을 조종하고, 밤에는 별빛을 쬔다. 깊은 밤 우연히 청소하러 온 아주머니만이 외계 기생충을 발견하고 싸우려 하나, 믿는 사람은 없다. 결국 홀로 대걸레를 들고 싸운다.

138

영웅과 마왕이 차원 이동하며 추격전 벌이는 이야기책.

결정적인 순간 1권이 끝난다.

작가는 2권에서 누가 싸움에 이길지

명동에서 독자들에게 투표를 받는다.

2권은 이 투표로 시작하는데,

21세기 서울로 날아온 영웅과 마왕이

투표 결과를 뒤엎으려고 다투는 것이 내용이다.

139

우주의 끝에 도착하는 데 성공했다.

거기엔 우주 바깥의 누군가가 먼 옛날 설치해 둔 탐지기가 있었다. 거기다가 "왜 우주가 만들어졌고 제가 여기 있습니까?" 물어봤더니, 답이 오길, "내가 사는 곳을 누가 왜 만들었는지 알려 줄 자가 혹 다른 우주에서는 생겨날까 싶어 한번 만들어 봤다."

가로세로 크기가 20킬로미터가 넘는 외계인이 나타났다. 외계인은 서울시
전체가 생명체 하나인 줄 알고 있었다. 외계인과 소통을
위해서는 시내 교통과 사람들을 일사불란하게
움직여야 했다. 결국 당국은 탈북자 중 매스게임 기획하던 사람을
찾아 시민들을 지휘하도록 했다.

141

확신에 차 인쇄된 책 2만 권이 있었다. 그러나 서점마다 애원해도 팔아 주려고 하지 않았다. 떨이업자에게 넘어가 길바닥에서 몇 권 팔리다가 결국 중국 재생공장에 폐지로 다 팔렸다. 공교롭게도 책 내용은 종이재생업자가 신비의 책을 발견하며 시작되는 모험이었다.

142

그녀는 그의 오른손을 잘라 죽였다.
완전범죄였다.
그러나 그녀는 이후 잘린 손이 기어와 공격하는 악몽에 시달린다.
어느 날 밤, 그녀는 운전 중에 잘린 손이
앞유리에 달려드는 걸 보고 놀라 운전 실수로 죽는다.
경찰이 발견했을 땐 버려진 빨간 목장갑 하나가
바람에 날려와 있을 뿐이었다.

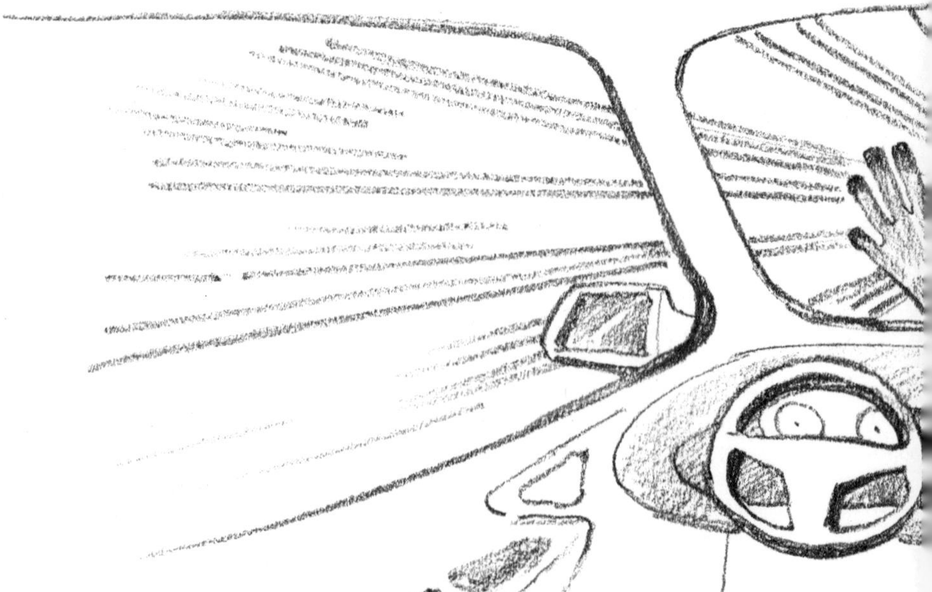

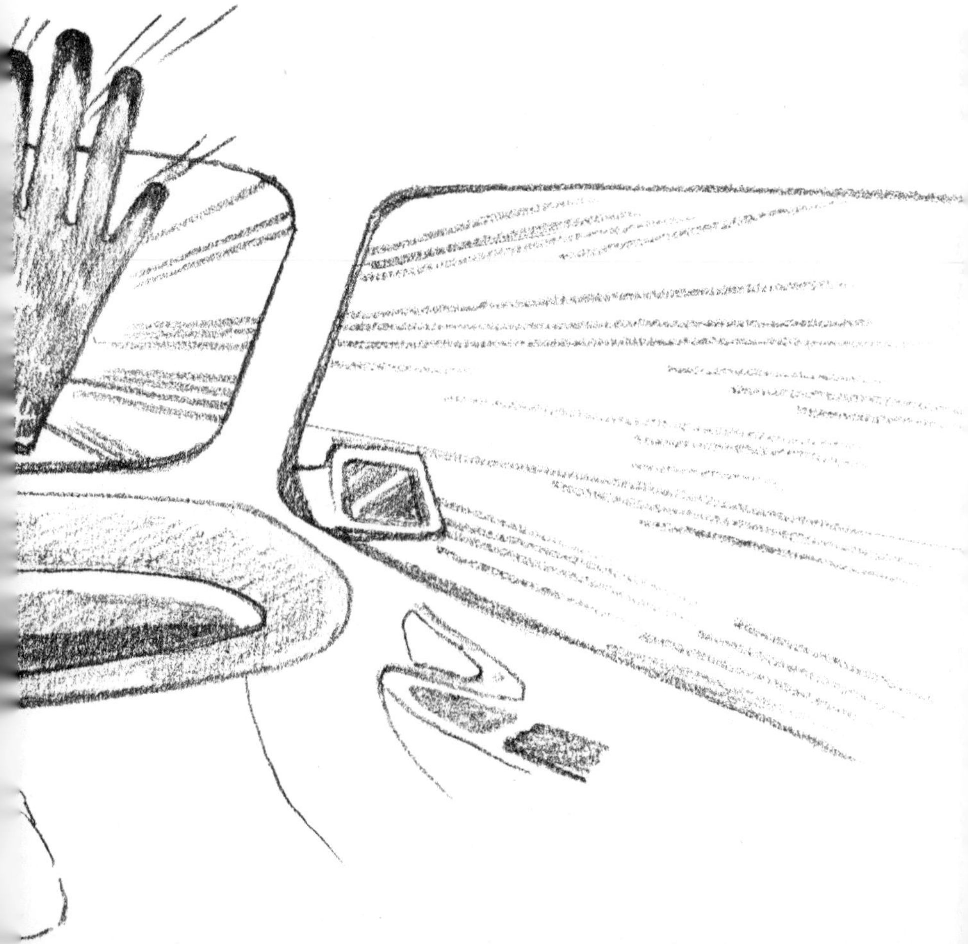

작가의 말

2009년 초 겨울이 끝나갈 무렵의 이야기다. 그때 나는 처음으로 독자와의 만남 행사에 참여하게 되었다. 출판사나 문학 관련 단체가 주관한 것이 아니라, 몇몇 독자들께서 인터넷에서 직접 사람을 모아 열어 주신 행사였다. 어느 맥줏집을 빌려서 치렀던 소박한 행사였지만, 즐거운 시간이었고 여러 이야기를 나누며 마음에 새길 만한 생각도 많이 했던 날이어서, 지금까지도 작가 생활의 영광스러운 하루로 기억하고 있다.

그날 한 독자께서 나에게 선물로 수첩 하나를 주셨다. 그리고 뭘 쓰면 좋을지 생각이 떠오르면 그때그때 거기에 쓰라고 말씀해 주셨다. 그전까지만 해도 나에게는 뭔가 아이디어가 생각났을 때 메모해 두는 습관 같은 것은 없었는데, 기왕에 수첩이 생기고 보니 한번 활용해 보자 싶었다. 그래서 나는 그 이후로 가방을 들고 어딘가에 갈 때에는 항상 그 수첩도 같이 들고 다니게 되었고, 소설로 써 볼만 한 것, 소설에

써먹을 만한 것이 생기면 항상 그 수첩에 한 줄 씩 써넣고 있다. 7년이 지난 지금 이 순간에도 그 수첩은 내 옆에 있다.

그런데 수첩에 있는 것이 다 소설이 되지는 않았다. 떠오르는 생각은 이것저것 꾸준히 있었지만 소설로 꾸미게 된 것은 그중의 일부뿐이었다. 이유는 몇 가지가 있다. 일단 나는 소설을 쓰는 도중에 나도 즐겁고 신이 나기를 바라는 편이기 때문에 지나치게 어두운 이야깃거리는 피하곤 했다. 게다가 한동안 나는 한국 문학에는 우울하고 음침한 내용이나 충격적인 소재를 내세우는 것들이 너무 많다고 생각했기 때문에 적어도 나는 그와 다른 이야기를 쓰고 싶기도 했다. 한편으로, 좋은 발단은 있었지만 마땅한 결말을 찾지는 못한 이야기라든가, 재미난 절정 부분은 생각했지만 앞뒤를 꾸밀 방법을 찾지 못한 이야깃거리 역시 소설로 꾸밀 수 없었다.

그러다가 2012년에 〈가디언〉지의 기사 하나를 번역해 소개한 글을 읽게 되었다. 거기에는 유명 작가들에게 SNS에 올리기 좋게 단 140자 안에 모든 내용이 완성되는 짧은 소설을 써달라고 부탁해서 모아 놓은 내용이 나와 있었다. 정작 그 내용은 지금 거의 하나도 기억이 나지 않고, 이름이 기억나는 작가조차도 제프리 아처 한 명밖에 없는데, 그 발상만은 아주 재미있었다. 게다가 SF 장르에는 '세상에서 가장 짧은 SF 단편'이라든가 하는 식으로 아주 짧은 소설을 여러 유명 작가들이 자기 단편집에 실어 온 전통 비슷한 것이 예전부터 있었다. 이런 부류의 대표 작가로 손꼽히는 프레드릭 브라운 같은 사람은 말할 것도 없고, 아서 클라크나 아이작 아시모프 같은 가장 친숙한 작가들의 유명한 소설 중에도 이런 아주아주 짧은 소설들이 있다. 국내 소설 중에도《나비전쟁》에 실린 듀나 작가의 '존재증명'은 이런 극히 짧은 소설의 전형적인 모양이다.

그래서 나도 그런 소설을 한번 써 보기로 했다. 나는 '140자 소설'이라는 SNS 계정을 만들었고, 거기에 그때까지 써먹지 못했던 수첩 속의 이야깃거리를 하나둘 풀어 놓았다. 막상 해 보니 예상 외의 재미도 있었다. 나는 원래 단편 소설이라도 필요하다면 넉넉히 분량을 잡아 하고 싶은 이야기를 주절주절 엮어 가는 경향이 있었기 때문에, 단 140자에 모든 내용을 다 욱여넣는 것은 색다른 일을 해 본다는 즐거운 느낌이 있었던 것이다.

몇 년 계정을 운영하는 동안 하나둘 찾아 주시는 분들이 늘어나기 시작했고, 2014년에는 소유진 배우께서 진행하시는 한 라디오 프로그램에서 이 계정이 언급되기도 하면서 지금은 적지 않은 분들이 읽어 주시는 계정이 되었다. 이 계정에는 여전히 가끔 이야기를 하나

씩 올리고 있는데, 수첩에 풀어 놓을 묵은 이야기가 많았던 2012년만큼 자주, 많이 쓸 수 있는 것은 아니지만 아직 멈출 생각은 없다.

140자 소설을 쓰면서 종종 떠올리는 것은 1980년대 TV 시리즈 〈환상특급 The Twilight Zone〉에 가끔 나오던 아주 짧은 TV 단막극이다. 예를 들자면, 부부싸움만 하는 부부의 딸이 있는데 어느 날 여러 부모들이 전시되어 있는 동물원에 찾아가서는 새로운 부모로 교체해서 온다는 등의 이야기가 채 10분도 안 되는 분량으로 짤막하게 만들어지는 경우가 있었다. 지금 와서 돌아보면, 이렇게 모은 140자 소설 역시 아주아주 짧은 TV극으로 영상화한 뒤에 몇 편을 엮어서 한 회차 방영분으로 편성하거나, 혹은 다른 단막극이나 연속극 시작이나 말미에 별책부록처럼 한 편씩 엮어 넣는 것도 재밌겠다 생각하게 된다.

만약 언젠가 실제로 그런 결과가 나오게 된다면, 그 모든 것이 지금 이 책을 읽어 주신 독자 한 분 한 분의 덕택이라고 뿌듯해하셔도 좋으리라 생각한다. 그것은 2009년 그날 하루에 여러 분들께서 응원해 주신 기억 덕택에 오늘도 작가 일에 힘을 내고 있는 것과도 같다.

2016년, 정릉에서

140자 소설

세상에서 가장 짧고 기발한 99가지 특별한 이야기

1판 1쇄 인쇄 2016년 12월 9일
1판 1쇄 발행 2016년 12월 16일

지은이 곽재식

발행인 김지야
표지 및 본문 디자인 여치 http://srladu.blog.me/
일러스트레이션 방아깨비 filmstar80@naver.com

펴낸곳 구픽
출판등록 2015년 7월 1일 제2015-27호
주소 서울시 광진구 동일로 459, 1102호
전화 02-491-0121
팩스 02-6919-1351
이메일 guzma@naver.com
홈페이지 www.gufic.co.kr

이 도서의 국립중앙도서관 출판시도서목록(CIP)은
서지정보유통지원시스템 홈페이지(http://seoji.nl.go.kr)와
국가자료공동목록시스템(http://www.nl.go.kr/kolisnet)에서 이용하실 수 있습니다.
CIP제어번호: 2016028460